585-586

Ye

Iacobus de Fornazeris sculpsit et fecit

A LA REINE.

MADAME,

Ceux qui s'entendent en la diffe-
rence & condition des esprits, s'esmerueillent que
plusieurs à l'insceu l'vn de l'autre ayent descrit
mesmes choses en mesmes conceptions, & le plus
souuent auec semblables paroles, & n'en trouuent
autre occasion, sinon qu'ils estoyent conduits de
mesme Genie, & poussez d'vn mesme enthousias-
me. Le fortuné rencontre que i'ay descouuert entre les plus fameux Poëtes Italiens, & vn Cigne
François, sur le suiect qu'Amour luy-mesme leur
auoit dicté, en l'emulation qu'ils ont dés long
temps pour le prix de l'Eloquence, en peut rendre
asseuré tesmoignage : car chacun d'eux taschant à
son possible de representer l'excellence de la pu-
reté de sa lägue, & de la merueilleuse fecondité de

4

son style, quoy qu'auec quelques additions, ou diminutions particulieres, ils conuiennent tous neantmoins à ceste perfection. Le iugement en est à bon droit deferé à vostre Majesté, qui possede parfaictement la cognoissance de l'vne, & s'acquiert tous les iours les graces parfaictes de l'autre: Et le bon heur à moy, qu'auec le bon office que ie tasche de leur faire, les luy offrant, ie m'offre moy-mesme comme

De vostre Tres-Chrestienne
  Majesté

*Le tres-humble, tres-obeissant, & tres-
fidele seruiteur & subiect,*

Les sonnets François sont de
M. D. P.

Les Italiens de

- *Angelo di Constanzo.*
- *Antonio Tibaldeo.*
- *Bernardo Tasso.*
- *Bernardino Tomitano.*
- *Dominico Veniero.*
- *Francesco Maria Molza.*
- *Giouan Mozzarello.*
- *Giacomo Sanazaro.*
- *Gio. Bat. Amalcheo.*
- *Gio. Andrea Gesualdo.*
- *Gio. Iacomo Dal Pero.*
- *Girolamo Parabosco.*
- *Luigi Tansillo.*
- *L'Amanio.*
- *Remigio Fiorentino.*

SONNET I.

Douce fin de mes vœux, s'il vous plaiſt que i'eſcriue
  Les parfaictes beautez dont vous bleſſez les Dieux,
  Faictes tant que ie puiſſe en vous tenir les yeux
  Durant que ie m'eſſaye à vous pourtraire viue.

Car il ne faut penſer autrement que i'arriue
  Au moindre des beaux traits q̃ vous auez desCieux,
  Veu qu'il ſort de voſtre œil tant d'eſclairs radieux,
  Qu'vne ſi grand' clairté de lumiere me priue.

Faictes comme Phœbus, quand ſon fils s'approcha,
  Qui de ſon chef doré les rayons deſtacha,
  Pour ne l'esbloüir pas de ſa celeſte flame.

Sinon ie ne puis dire en chantant vos beautez,
  Fors que ie vey des feux, & de grandes clairtez,
  Qui troublerent ma veüe, & bruſlerent mon ame.

SONETTO I.

S'amate almo mio Sol, ch'io canti, ò scriua
   L'alte bellezze, onde'l ciel volse ornarui,
   Oprate sì, ch'io possa almen mirarui,
   Per poterui ritrar poi vera, e viua.

La vostra luce inaccessibil, viua,
   Nel troppo lume suo viene à celarui
   Si, che s'io tento gli occhi al volto alzarui,
   Sento offuscar la mia virtù visiua.

Fate qual fece il portator del giorno,
   Che per lasciare il suo figlio appressarsi,
   Depose i raggi, di che hà'l capo adorno.

Ch' altro così per me non può narrarsi,
   Se non, ch'io vidi ad vn bel viso intorno
   Lampi, onde restai cieco, e fiamme, ond'arsi.

Durant

SONNET II.

Durant que ie vous chante,ô ma flame secrette,
  Et descry ces beaux nœuds qui m'ont sceu retenir,
  M'obligeant à bon droict les siecles aduenir,
  Qui verront en mes vers vostre beauté pourtraitte:

Le Ciel qui sans pareille entre nous vous a faicte,
  Vous fait de iour en iour plus belle deuenir,
  Si bien que pour menteur chacun me peut tenir,
  Quád plus q̃ ie ne monstre on vous trouue parfaicte.

Afin donc que ie puisse vn tel blasme euiter
  Lors que i'entreprendray vos loüanges chanter,
  Ie diray desormais tel iour elle estoit telle:

Mais depuis sa beauté d'heure en heure augmenta,
  La fist plus que Deesse,& si haut l'emporta,
  Que pour voler apres,trop basse fut mon aisle.

Men

SONETTO II.

Mentr' io scriuo di voi, dolce mia Morte,
  Per obligarmi la futura etáte,
  Con dar dipinta à lei quella beltate,
  Ch'el ciel diè viua al secol nostro in sorte.

Veggio, ch' vscendo fuor d'umana sorte,
  Voi stessa d'hor, in hor tanto auanzate,
  Che le lodi hier da me scritte, e formate,
  Trou' oggi al vostro merto, anguste, e corte.

Tal che (non potend' altro) io son costretto,
  Perche poi pensi ogn' huom qual esser debbe,
  Lasciare al fin de l'opra vn simil detto:

Tal era vn tempo, Ma poi tanto crebbe
  Poggiando al ciel, che'l debil' intelletto
  Di volar dietro à lei piume non hebbe.

SONNET III.

Ie ſcay qu'ell' ont des yeux les autres Damoiſelles,
    Pour rendre en regardât maint & maint amoureux:
    Mais non pas des ſoleils ardans & vigoureux,
    Qui rempliſſent les cœurs de flammes immortelles.

I'aduoüe, & veux penſer, qu'il y en a de belles
    Aſſez pour trauailler vn eſprit deſireux:
    Mais quelle autre a ces traits ſi doux & rigoureux,
    Qui font gouſter la vie entre cent morts cruelles?

Quelle autre a cet eſprit qui le mien a charmé?
    Ces propos, ces diſcours, dont ie fu transformé?
    Où ſont tât d'hameçós, d'amours, de feux, de glaces?

Souffrons donc ſans blaſpheme vn extreme tourmént,
    Croyant qu'on ne ſçauroit aymer qu'extremement
    Celle qui eſt extreme en beautez & en graces.

Hanno

SONETTO XII.

Hanno ben gl'occhi l'altre Donne anco elle,
  Di far guardando innamorar le genti:
  Mà non han come questa, i raggi ardenti;
  Ch' occhi non son, mà fiammeggianti stelle.

Son ben de l'altre Donne altere, e belle,
  D'accender foco ne l'humane menti:
  Mà non han come lei gli mouimenti,
  Et l'accoglienze leggiadrette e snelle.

Lei sola è al mondo angelica, e serena;
  Ch' al volger d'vn suo sguardo honesto accorta
  M'abbaglia si, ch' io no 'l patisco à pena.

Che 'l cor mi tra del corpo, e 'n cielo il porta;
  Et d'ogn' intorno l'aria rasserena,
  E à mille paradisi aprè la porta.

SONNET IIII.

Qui voit vos yeux diuins, si prompts à decocher,
  Et ne perd aussi tost le cœur, l'ame, & l'audace,
  N'est pas homme viuant, c'est vn morceau de glace,
  Vne souche insensible, ou quelque viel rocher.

Qui ne voit point vos yeux, doit les siens arracher,
  Et maudire le Ciel qui ce mal luy pourchasse:
  Ie ne voudroy point d'yeux priué de tant de grace,
  Car tous autres obiects ne font que me fascher.

On doute de ces deux la meilleure aduenture,
  De cil qui pour les veoir à la mort s'aduenture,
  Ou qui ne les voyant euite son trespas.

Perdre la vie est tout, c'est le dernier naufrage:
  Telle perte pourtant ne m'en priueroit pas,
  Car qui ne les voit point perd beaucoup d'auátage.

Chi

SONETTO IIII.

Chi vede gli occhi vostri, e di vaghezza
  Non resta vinto al primo incontro, e priuo
  De l'alma: può ben dir, che non è viuo,
  Ne sà, che cosa sia gratia, e bellezza.

Chi non gli vede ancor, può de l'asprezza
  Lamentarsi del Fato, e hauere à schiuo
  La vita, e dire: A' che mi val s'io viuo,
  Non potendo gustar tanta dolcezza?

Tal, ch'è in dubbio: qual sia stato più forte,
  Di colui, cui tal ben non si concede;
  O, di chi nel vedergli habbia la morte.

Perder la vita, ogni altro danno eccede:
  Mà à me par, c'habbia assai più dura sorte,
  E, che perda assai più, chi non li vede.

SONNET V.

Belle & guerriere Main, apprife à la victoire,
   Iamais de l'arc d'Amour vn feul traict ne perdant:
   Mais qui de fon beau char les refnes vas guidant,
   Quád il retourne en Cypre orgueilleux de ta gloire.

Main, dont le blanc efclat obfcurcit tout yuoire,
   Qui fais de ta froideur naiftre vn defir ardant,
   Qui le fceptre & l'eftat des Amours vas gardant,
   Qui m'efcris en l'efprit la foy que ie veux croire:

Main, qui fur tes beautez as faict l'œil enuieux,
   Main, qui fçais triompher des plus audacieux,
   Et qui rens de mon cœur les tempeftes fereines:

Las! ne t'oppofe point, ô belle & blanche Main,
   Quád ie cherche, embrafé, le fecours de mes peines,
   Qu'vne Ingrate me cache en la bouche & au fein!

O bella

SONETTO V.

O bella man, che'l fren del carro tieni,
  Quando Amor col triompho à Cipri torna:
  Man bianca, man leggiadra, mano adorna,
  Che l'aureo scettro suo reggi, & mantieni.

Man, che ignuda del guanto rassereni
  Mia mente afflitta, oue sempre soggiorna
  L'imagin sua, ch'ogni altra mano scorna;
  Et muoue inuidia à quei begli occhi ameni.

Man cara, man soaue, mano eguale
  A neue, e auorio; man, con che disserra
  Amor suo anco, & suo dorato strale:

Man, che l'acerbe piaghe, che'l cor serra
  Mitighi, e addolci; & sei di forza tale,
  Che sola mi puoi dar e pace, & guerra.

SONNET VI.

Deux clairs Soleils la nuiƈt eſtincelans,
   Et vne main trop belle & trop cruelle
   Me font enſemble vne guerre immortelle,
   Comblans mon cœur de deſirs violans.

Las! ie n'eſteins par mes pleurs ruiſſelans
   De ces beaux yeux vne ſeule eſtincelle:
   Et ceſte main dont la blancheur me gelle,
   N'echauffe point par mes ſouſpirs bruſlans.

Si ie ſuis pres, la main de pres m'enferre,
   Et les beaux yeux de loin me font la guerre,
   Perçans mon cœur comme vn blanc qui eſt mis.

Belle Maiſtreſſe, ardeur de mon courage,
   Vous me prenez trop à voſtre aduantage,
   Me combattant auec trois ennemis.

SONETTO VI.

Duo vaghi occhi, e vna man bella , ma cruda
   D'accordo son per far mia vita breue
   Quei còn foco mi fan, quella con neue
   Guerra, onde il corpo afflitto agghiaccia, e suda.

Et ben ch'io fugga, e in loco oscur mi chiuda,
   Sempre gli ho innanti & più me è duro e greue
   Che vittoria maggior la man riceue,
   Quant'io piu armato, quanto ella è piu nuda.

Cosi con questi sproni al fianco ogn' hora
   Combattuto hò molti anni : e anchor combatto,
   Mà forza sarà al fin che vinto io mora.

Amor io morirò : mà e' non è atto
   Via de gentil signore à chi te adora
   Tener intorno tre nemici a vn tratto.

C

SONNET VII.

Cheueux, prefent fatal de ma douce contraire;
    Mon cœur plus que mõ bras eft par vous enchaifné,
    Pour vous ie fuis captif en triomphe mené,
    Sans que d'vn fi beau ret ie cherche à me deffaire.

Ie fçay qu'on doit fuir les dons d'vn aduerfaire,
    Toutesfois ie vous aime, & me tiens fortuné,
    Qu'auec tant de cordons ie fois emprifonné,
    Car toute liberté commence à me defplaire.

O cheueux mes vainqueurs, vantez vous hardiment
    D'enlacer en vos nœuds le plus fidele amant,
    Et le cœur plus deuot qui fut onc en feruage.

Mais voyez fi d'Amour ie fuis bien tranfporté,
    Qu'au lieu de m'effayer à viure en liberté,
    Ie porte en tous endroits mes ceps & mon cordage.

O chio

SONETTO VII.

O chiome parte de la treccia d'oro
   Di cui fè Amor il laccio, oue fui colto
   Qual semplice augeletto: e dal qual sciolto
   Non spero esser mai più, se pria non moro.

Io vi bacio, io vi stringo, io vi amo, e adoro:
   Perche adombrasti già quel sagro volto;
   Che à quanti in terra sono il pregio hà tolto,
   Ne lascia senza inuidia il diuin choro.

A voi dirò gli affanni, e i pensier miei,
   Poi che lungi è madonna, & parlar seco
   Mi nega aspra fortuna, e gli empi Dei.

Lasso: guarda se Amor mi fa ben cieco
   Quando cercar de scioglierme io dourei
   La rete porto, & le catene meco.

SONNET VIII.

Vrais soufpirs, qui fortez de la flamme cruelle,
  Dont mon cœur amoureux eft teint de tous coftez,
  Allez, & de voftre air chaudement efuentez
  Ce beau fein où la neige en tout téps eft nouuelle.

Faictes par voftre ardeur que le froid fe defgelle,
  Qui nuift au doux printéps de ces ieunes beautez:
  Et puis d'vn petit bruit baffement luy contez
  Combien de fois le iour ie vay mourant pour elle.

Vous luy direz ainfi, Noftre efprit enflammé
  Sort du feu de vos yeux dans vn cœur allumé:
  Il eft voftre, Madame, & rien ne peut l'efteindre:

Pourtant receuez nous: lors entrans peu à peu,
  Faictes tant qu'à la fin elle brufle en fon feu,
  Et cognoiffe à l'effay fi i'ay tort de me plaindre.

Itene,

SONETTO XVIII.

Itene ò miei sospir; ch'accesi in quella
  Fiamma amorosa siete, ù viue il core,
  Di cui non sò se in altro amante Amore
  Più degna accese, ò più soaue, ò bella.

Ite de l'alma mia gelata stella
  Al freddo seno, e se'l mio grande ardore
  Distruggere il suo gelo haurà valore,
  Ditele con pietosa vmil fauella:

Di quella fiamma vsciti siam, ch'è scesa
  Dal bei vostri occhi, e vostro è Donna il foco
  Che spegner morte, ò sdegno, indarno tenta.

Entrate poi nel petto à poco à poco,
  Tal, ch'ella essendo del suo foco accesa,
  L'amaro, e'l dolce del suo foco senta.

SONNET IX.

Pourquoy si follement croyez-vous à vn verre,
  Voulát veoir les beautez que vous auez des Cieux,
  Mirez-vous dessus moy pour les cognoistre mieux?
  Et voyez de quels traits vostre bel œil m'enferre.

Vn vieux Chesne, ou vn Pin renuersez contre terre,
  Monstrent combien le vent est grand & furieux:
  Aussi vous cognoistrez le pouuoir de vos yeux,
  Voyant par quels efforts vous me faictes la guerre.

Ma mort de vos beautez vous doit bien asseurer,
  Ioinct que vous ne pouuez sans peril vous mirer:
  Narcisse deuint fleur d'auoir veu sa figure.

Craignez doncques, ma Dame, vn semblable danger,
  Non de deuenir fleur, mais de vous veoir changer,
  Par vostre œil, de Meduse, en quelque Roche dure.

SONETTO IX.

A che presti superba à vn vetro fede?
  Se ben comprender vuoi la tua bellezza,
  Specchiate in me:ch'è tanta in sua grandezza,
  Quanto è l'incendio mio ch' ogn' altro eccede.

Non altrimente in me quella si vede,
  Che in vn arbor del vento la fortezza;
  Quando con furia à terra il piega, & spezza
  Rompendol fin doue hà qui fermo il piede.

L'effetto è da veder, non la figura:
  In questo è sua eccellenza,e à dir il vero,
  Quel tuo specchiar non è cosa sicura.

N'e à te auerrà come à Narciso altiero;
  Egli è vn bel fior, tu serai pietra dura:
  Hauendo di Medusa il sguardo fiero.

D'où

STANSES.

D'où vient qu'vn beau Soleil, qui luit nouuellement,
  Soit à tous fauorable, & à moy si contraire?
  Il m'esblouïr la veuë, au lieu qu'il leur esclaire,
  Il eschauffe leur cœur, & me va consumant.

L'autre Soleil du Ciel n'offence aucunement
  Les lieux qui sont priuez de sa flame ordinaire:
  Mais ce diuin Soleil m'ard plus cruellement,
  Plus ie me trouue loing de sa lumiere claire.

Ie t'accuse, Nature, & me plains iustement:
  Car puis qu'il me deuoit porter tant de nuissance,
  Allumant en mon cœur vn feu si vehement,
  Que n'as-tu pour mon bien retardé sa naissance?

Toutesfois si nostre âge heureux par sa presence,
  Ne pouuoit sans mon mal voir ses yeux clairement,
  Ie prens tout consolé ma mort en patience,
,, Qui meurt pour le public meurt honnorablement.

Deh

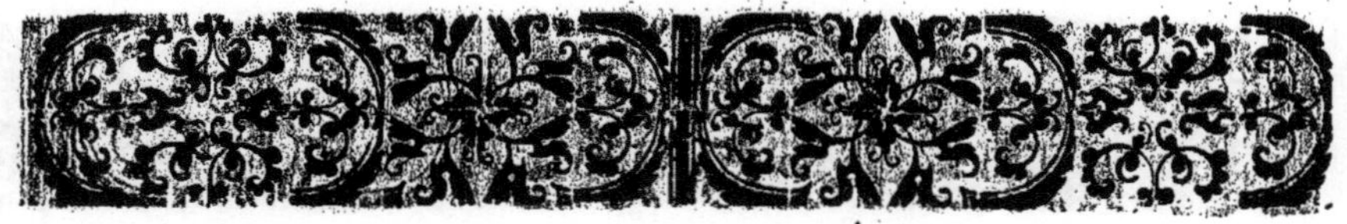

SONETTO X.

Deh! perche questo sole che'il suo lume
  Quà giù disfaso nouamente splende
  A gli altri luce, & à me foco rende,
  E frà tanti me sol par che consume?

Perche s'è fù del sol sempre costume,
  Che chi è da lui più lungi manço offende,
  Quanto più me allontano più me incende
  D'uno ardor tal, ch'i è se carebbe vn fiume?

Di te crudel Natura à mi lamento,
  Se mi douea il suo lume esser mortale,
  Perche il tuo partorir non fù più lento?

Mà se tanta beltà senza riuol male
  Non potea il mondo hauer, resto contento,
  « Che chi muer per ben publico è immortale.

SONNET XI.

Amour brusle mon cœur d'vne si belle flame,
  Et suis sous son pouuoir si doucement traicté,
  Que languissant ainsi captif & tourmenté,
  Ie beny la prison, & le feu de mon ame.

Vous autres prisonniers, que son ardeur enflame,
  Souhaittez moins de peine, & plus de liberté:
  De moy ie veux mourir en ma captiuité,
  Consommé par le feu des beaux yeux de ma Dame.

Les trauaux, les rigueurs, la peine & le malheur
  Embellissent ma gloire, & n'ay plus grand douleur,
  Que quád cet œil felon autre que moy tourmente.

Ie n'ay pas toutesfois perdu le iugement,
  Car on dit bien-heureux celuy qui se contente,
  Et ie trouue à l'aimer mon seul contentement.

SONETTO XI.

Si dolce è la passion chè mi tormenta,
Si dolci i lacci, oue mi trouo inuolto;
Che essere non vorrei libero e sciolto.
Ne veder del mio cor la fiamma spenta.

Altri l'arbitrio conseruar si stenta,
Et io ringratio Amor che me l'hà tolto;
Ne sõ da giudicar per questo stolto,
Che sol felice è quel che si contenta.

E se auuien che tal hor il duol m'vccida,
Tal morte più che mille vite suale;
E inuidia hò se altri per te piange & grida.

Fanciul spietato quanto può il tuo strale!
Tu fai si cieco chi di te si fida,
Che discerner il ben non sà dal male.

D   2

SONNET XDII.

I'eſtoy dans vne ſalle ombragé de la preſſe,
    Pour veoir ſans eſtre veu ma Dame qui danſoit.
    Le peuple à l'enuiron tout rauy s'amaſſoit,
    Loüant d'ame & de voix ceſte vnique Deeſſe.

En vain la voulant veoir ſur les pieds ie me dreſſe,
    Car mon foible regard aſſez ne s'auançoit:
    Mais mon cœur s'enflammant ainſi qu'elle paſſoit,
    Remarqua ſans mes yeux les pas de ma Princeſſe)

Dieu que i'ayme mon cœur, bien que mal conſeillé,
    Il ait receu l'amour dont ie ſuis trauaillé!
    Le plaiſir qu'il m'a fait mes douleurs recompenſe.

Auſsi bien mes deux yeux couuerts d'obſcurité,
    N'euſſent peu ſouſtenir ſa diuine clairté,
    Tant ils ſont aueuglez de pleurer mon offenſe.

                              Gion

SONETTO XLII.

Gionto nel tempio oue fra mille belle
  Madonna in loco occulto si sedea:
  Volsi gli occhi à guardar s'io la vedea,
  Ch'el sol conoscer soglio infra le stelle.

Mà per la folta compagnia di quelle,
  Discernerla da lungi io non potea:
  Se non che'l cor che di fuor la sentea,
  Subito acceso fù da due facelle.

Ne mai fu calamita, che tirasse
  A se il dar ferro con si gran furore,
  Con quanto à se costei il mio cor trasse.

Onde io compresi ne l'andar del core
  Oue ella fusse: & ben ch'io la mirasse
  Io non la viddi, tanto era il splendore.

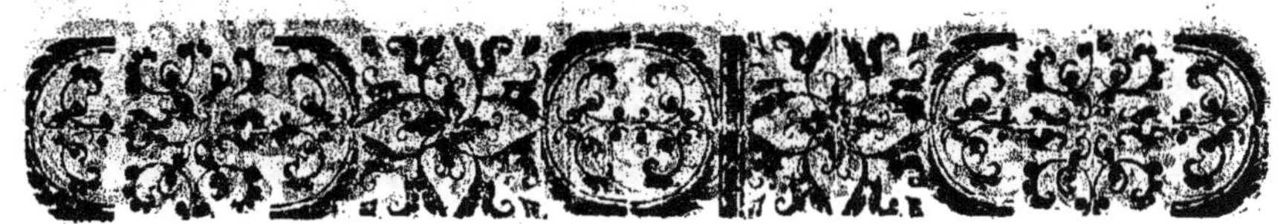

SONNET XLII.

Hé! ne suffit-il pas qu'Amour trop animé   (heure,
  Tienne mon cœur en feu, qui s'accroist d'heure en
  Sans q̃ mes chauds souspirs sortás de leur demeure,
  Donnent force à l'ardeur dont ie suis consommé?

O vent impetueux, excessif, enflammé,
  Tu gardes en soufflant que ma flamme ne meure,
  Laisse faire à mes yeux ces ruisseaux que ie pleure
  Esteindront le fourneau dans mon cœur allumé.

Mais c'est trop vainement qu'en espoir ie me fonde,
  L'eau n'esteint pas l'Amour: Neptune au creux de
  S'est trouué mille fois amoureux & bruslát. (l'onde

Sus donc, ardens souspirs monstrez vostre puissance,
  Rédez mon feu plus chaud, croissez sa vehemence,
  Il en durera moins s'il est plus violant.

Lasso

SONETTO XIII.

Lasso non basta ch'io ardo? che l'immenso
   Foco che me destrugge inforza ancora?
   Che i sospir che soffiando escono ogn'hora,
   Il fanno al suo furor più fermo, & intenso.

Dunque tu fiato impetuoso, e denso,
   Sta quieto tanto, che la fiamma mora,
   Lascia à gli occhi mandar lagrime fora,
   Che fieno à questo mal meglior compenso.

O stolto me! che l'amorosa face
   Spegner credo con acqua: arse già il fianco
   Del gran Nettun che in mezzo l'onde giace.

Su pur sospir, nissun di voi sia stanco,
   Prestando aiuto al foco che mi sface,
   Che s'el duol sia maggior durerà manco.

Pour

SONNET XIIII.

Pource que ie vous ayme à l'esgal de mon ame,
  Ie vous voy contre moy la haine entretenir:
  Or si l'inimitié mon amour fait finir,
  Changeant de naturel, m'aimerez-vous Madame?

Mais en vain pour mon bien tel secours ie reclame,
  Car vous pourriez plustost amante deuenir,
  Que pour quelque accident, qui me sceut aduenir,
  Ie sentisse en l'esprit moins d'amoureuse flame.

Le roc de vostre Cœur de glaçons remparé,
  Plustost s'esclattera d'vn feu demesuré,
  Que l'ardeur qui m'allume en rien soit consumee.

Et puis i'ayme trop mieux vous aymer sans espoir,
  Que ne vous aymant point à mon gré vous auoir:
„ Car l'amant est tousiours plus diuin que l'aymee.

SONETTO XIIII.

V'amo Donna: e di me sol perch'io v'amo,
  Non per altra cagion nemica siete:
  Deh, se sol per amarui odio m'hauete,
  Gradiretemi poi s'io vi disamo?

Benche quinci soccorso indarno chiamo:
  Ch'anzi voi me più tosto amar potrete,
  Ch'in me spenta sia mai l'ardente sete,
  Onde si desioso ogn'hor vi bramo.

Più miracolo in me sia Donna, quando
  Non v'ami più, ch'in voi l'esser ritrosa
  Verso chi v'ama, ò pur chi v'odia amando.

E vi vuò con amarui anzi sdegnosa
  Sempre ver me, che d'amar voi lasciando,
  Quanto hauer si può più dolce, e pietosa.

E

SONNET XV.

Ces pleurs tirez du Cœur ie t’offre en sacrifice,
　Pour fleschir tó courroux, Parque au cœur indôté:
　Las! pardonne à Madame, & par ta cruauté
　Ne fays point que d’Amour la puissance finisse,

Si tu desires tant d’exercer ton office,
　Perce moy de ton dard d’vn à l’autre costé,
　Et de ceste Deesse espargne la beauté,
　Sans appauurir nostre âge auec tant d’iniustice.

Mais si mon ardent cry ne te peut eschauffer,
　Et que quoy qu’il en soit tu vueilles triompher
　De sa grace diuine, & de sa forme esteinte?

Sans oster aux mortels leur plus riche ornement,
　Helas! contente toy de frapper seulement
　Celle que dans le cœur ie porte si bien peinte.

SONETTO XV.

Poi c'hai del sangue mio sete sì ardente,
  E perch'io mora, ò Morte acerba, e ria,
  Sei mossa per ferir la Donna mia,
  Col velenoso stral, fiero, e pungente:

Non prego io già che'l tuo furor s'allente,
  Nè che ver me ti mostri vmana, e pia;
  Mà, che venendo à me per dritta via,
  Perdoni à lei, del Ciel luce fulgente.

Mà se pur d'ira, e d'iniquo odio spinta,
  Brami d'andar de le sue spoglie altera,
  E che da l'arco tua rimanga estinta,

Lasciando al mondo la sua forma intera,
  Basti quella ferir, c'ho al cor dipinta,
  Che già non è di lei men bella, e vera.

SONNET XVI.

Quand nous aurons passé l'Infernale riuiere,   (lieux,
  Vous & moy pour nos maux damnez aux plus bas
  Moy pour auoir sans cesse idolatré vos yeux,
  Vous pour estre à grand tort de mon cœur la meur-
                            (triere.

Si ie puis tousiours veoir vostre belle lumiere,
  Les eternelles nuicts, les regrets furieux
  N'estonneront mon ame, & l'Enfer odieux
  N'aura point de douleur qui me puisse estre fiere.

Vous pourrez bien aussi vos tourmens moderer,
  Auec le doux plaisir de me veoir endurer,
  Si lors vous vous plaisez encor en mes trauerses.

Mais puis que nous auons failly diuersement,
  Vous par inimitié, moy par trop vous aimant,
  I'ay peur qu'ō no° separe en deux chābres diuerses.

Poi

SONETTO XVI.

Poiche voi & io varcate hauerem l'onde
  De l'atra Stige, e sarem fuor de spene,
  Dannati ad abitar l'ardenti arene
  De le valli infernali, ime, e profonde:

Io spererei, ch'assai dolci, e gioconde
  Mi sarebbe i tormenti, e l'aspre pene
  Il veder vostre luci alme, e serene,
  Che superbia, e disdegno or mi nasconde.

E voi, mirando il mio mal senza pare,
  Temprereste il dolor de i martir vostri,
  Con l'intenso piacer del mio penare.

Ma temo, oime, ch'essendo i falli nostri,
  Per poco il vostro, il mio per troppo amare,
  Le pene vguali fian, diuersi i chiostri.

SONNET XVII.

Ie porte plus au cœur d'amours & de tourmens,
  Qu'on ne voit dans le ciel de luifantes images (ges,
  D'eaux en mer, d'herbe aux prez, de fablôs aux riua-
  Qu'vn fiecle n'a de iours, qu'vn iour n'a de momés.

Ma bouche n'ouure pas moins de gemiffemens,
  Ie ne cele en l'efprit moins de feux & d'orages,
  Mes yeux ne lafchent pas moins d'humides nuages,
  Et moins mon eftomach de braffers vehemens.

Entre tant de fubiets, de vaincus, de rebelles,
  Qu'Amour a faict gefner en fes chartres cruelles,
  Ie fuis le plus maudit, & le plus languiffant.

Il a changé pour moy toute douce nature,
  Aux autres d'efperance il donne nourriture,
  Et de pur defefpoir il me va repaiffant.

SONETTO XVII.

Non hà tante, quant'io pene, e tormenti,
  Stelle il ciel, l'aere augelli, e pesci l'onde,
  Fere i boschi, erbe i prati, e i rami fronde,
  Giorni gli anni, hore i dì, l'hore momenti:

Nè son men' infiniti i miei lamenti,
  A cui sorda è Madonna, e non risponde,
  E le lagrime mie larghe, e profonde,
  E gli amorosi miei sospiri ardenti.

Non è certo frà quanti al crudo, & empio
  Regno d'Amor giamai soggetti furo,
  Lasso, del mio più doloroso essempio.

Ne però grave al cor mi sembra, ò duro
  Questo, e se fosse ancor maggiore scempio;
  Tanto è quel ben, che col mio mal procuro.

SONNET XLVIII.

Echo, Nymphe iadis d'amoureuse nature,
    Qui n'es rien maintenant qu'image de la voix,
    Et qui dans ce val creux, caché d'vn peu de bois,
    D'air & de bruit lasché prens vie & nourriture.

Si tost que ie me plains du tourment que i'endure,
    Pour auoir desiré plus que ie ne deuois,
    Tu m'annonces mes maux, tachant, si tu pouuois,
    Me diuertir de suyure vne beauté si dure.

Quand en me souuenant du mal que i'ay passé,
    Ie dis, Mais que seray-ie ayant tant pourchassé?
    Chassé, me respons-tu d'vn accent lamentable.

Et quand plus curieux du cours de mes malheurs,
    Ie demande, Hé comment finiront ces clameurs?
    Meurs, est lors de ta voix l'oracle irreuocable.

SONETTO XVIII.

Già Ninfa, or voce da le membra scossa,
  E da la voce altrui conforme imago,
  Che tra riposte valli d'aere vago,
  Sol vai prendendo nutrimento, e possa.

Mentre ch' al suon de' miei lamenti mossa,
  Mi fai di duolo, e di morte presago,
  L'alma mia trae da gli occhi vn tristo lago,
  Onde fugir vorria la carne, e l'ossa.

Si ricercando triegua à miei dolori,
  Grido, qual fine haurà si duro scempio,
  Empio rispondi: e mi turbi, e spauenti.

E se d'alti sospiri il Ciel riempio,
  E mercè chieggio à cosi lunghi amori:
  Mori risuoni, ne gli estremi accenti.

SONNET XIX.

Quãd ie pouuois me plaindre en l'amoureux tourmét,
  Donnant air à la flamme en ma poictrine enclose,
  Ie viuois trop heureux: Las! maintenant ie n'ose
  Alleger ma douleur d'vn souspir seulement.

Tu me chasties, Amour, trop rigoureusement:
  I'aime, & ie suis côtraint de feindre vne autre chose,
  Au fort de mes trauaux ie dy que ie repose,
  Et monstre en mes ennuis vn vray contentement.

O dure cruauté de ma passion forte!
  Mais ie me plains à tort du mal que ie supporte,
  Veu qu'vn si beau desir fait naistre mes douleurs.

Puis i'ay ce reconfort en mon cruel martyre,
  Que i'escry toute nuict ce que ie n'ose dire,
  Et quand l'ancre me faut, ie me sers de mes pleurs.

SONETTO XXIX.

Fù tempo ch'io hebbi ardir con lingua sciolta
  Dolermi, & palesar l'interna pena,
  Quando Amor pria mi tenne in sua catena,
  Che'il fallo è da escusar per vna volta.

Mà hor che l'alma simplicetta, e stolta
  Tornata è aquella vita d'error piena,
  Di vergogna la lingua si raffrena;
  Cosi cresce mia fiamma in star sepolta.

E se in vn bosco solitario arriuo,
  Temo che per hauerme ydito tanto
  Arbori, fere,e vccei m'hauranno à schiuo.

Pur sfogo il dolor mio la notte al quanto,
  Et quel che dir non oso, in carte scriuo,
  Et se mi manca inchiostro, adopro il pianto.

SONNET XX.

Amour, qui vois mon cœur à tes pieds abbatu,
Tu le vois tout couuert de fagettes mortelles,
Pourquoy donc sans profit en prés tu de nouuelles?
Puisque ie suis à toy, pourquoy me poursuis-tu?

Si tu veux courageux esprouuer ta vertu,
Décoche tous tes traits sur les ames rebelles,
Sans blesser, trop cruel, ceux qui te sont fideles,
Et qui sous ton enseigne ont si bien combatu.

Quand tu tires sur moy tu fais breches sur breches:
Donc sans les perdre ainsi, garde ces belles fleches
Pour guerroyer les Dieux, & m'accorde la paix.

Ah! i'entends bien que c'est, Amour veut que ie meure:
Ie mourray, mais au moins ce confort me demeure,
Que la mort de moy seul luy couste mille traits.

A che

SONETTO XX.

A che contra d'vn vinto opri più l'arco?
   Vsalo contra quei che non son resi,
   Già mille altri ribelli hauresti presi
   Cón le saette de lequal m'hai carco.

Tu douresti signor esser più parco
   Di questi noui stral fulgenti, e accesi,
   E molti n'hai in pochi giorni spesi,
   Ch' ancor ti pentirai d'esserne scarco.

Fallai : ma giouenil fu il mio fallire,
   E poi che seruo intrai dentro al tuo choro,
   Tu sai ch' ancor mai non cercai fuggire.

Mà non picciol conforto haurò s'io moro,
   Che se ben farai conto il mio martire,
   Sin qui ti costa mille strali doro.

SONNET XXXI.

Pourquoy si plein d'orgueil marches-tu sur ma teste,
  Triomphant de l'honneur qu'vn autre a merité?
  Tes dards tant craints au ciel ne m'ont pas surmóté,
  Amour, c'est vne Dame & non toy qui m'arroste.

Si tu veux t'honnorer du prix de ma conqueste,
  Fays qu'elle me remetre en plaine liberté:
  Puis pren pour m'asseruir cest arc tant redouté,
  Qui de Iupiter mesme accoise la tempeste.

Ie n'ay point peur de toy : celle qui me retient
  Par l'effort de ses yeux, ton empire maintient,
  C'est elle qui te fait comme vn Dieu recognoistre.

Si ie t'obeissois, & t'ay crains parauant,
  „ C'estoit pour l'amour d'elle. On endure souuent
  „ D'vn mauuais seruiteur pour l'hóneur de son Mai-
                                        (stre.

A che

SONETTO XXXI.

A che cieco fanciul cotanto orgoglio?
  A che in superbia sì te mostri acceso?
  A Madonna mi son, non a te reso:
  Lei fù che ruppe del mio petto il scoglio.

Faccime liber lei, come esser soglio,
  E tu con l'arco, et con tuo strale acceso
  Vientene solo; & s'io sarò poi preso,
  A ogni gran stratio me condanni io voglio.

Guarda (misero te) quanta vil sei,
  Che armato contra un disarmato core
  Non ardisti uopir senza costei:

S'io te obedisco, & s'io ti porto honore,
  Non fo per te: ma per cagion di lei,
  Che a serui s'hà rispetto, pel signore.

SONNET XXII.

La guarnison d'ennuis, qu'Amour fait demeurer
En mon cœur pour sa garde, est si grande & si forte,
Qu'il ne faut auoir peur qu'vn seul souspir en sorte,
Ny qu'il puisse en ses maux seulement respirer.

Si quelque heureux plaisir se veut auanturer,
D'approcher de mon cœur, à fin qu'il le conforte,
Il espreuue à son dam qu'il se faut retirer,
Car s'il veut passer outre on le tue à la porte.

Le desespoir sanglant capitaine inhumain,
Sans iamais se lasser tient les clefs en la main,
Et ne fait rien entrer que du party contraire.

Tous pensers gracieux il en a sçeu bannir,
Mes esprits seulement n'oseroyent s'y tenir,
S'ils n'estoyent affligez & comblez de misere.

SONETTO XXII.

E' ſi folta la ſchiera de' martiri,
  Che in guardia del mio petto hà poſti Amore,
  Che è tolto altrui l'entrare, e l'uſcir fuore,
  Onde ſi muoion dentro i ſuoi ſoſpiri.

S'alcun piacer mi vien perche reſpiri,
  A pena giunge à viſta del mio core,
  Che dando in mezo de' nemici, ò muore,
  O biſogna, che'n dietro ſi retiri.

Miniſtri di timor tengon le chiaui,
  E non degnano aprir ſe non à meſſi,
  Che mi rechin nouella, che m'aggraui.

Tutti i lieti penſieri in fuga hàn meſſi,
  E ſe foſſer triſti, et di duol graui,
  Non v'oſeriàno ſtar gli ſpirti ſteſſi.

G

SONNET XXIII.

Le Tyran des Hebreux, transporté de furie,
  Ne fit iadis meurtrir tant d'enfans innocens,
  Que ie tue en maillot de pensers languissans,
  Et ne touche à celuy qui menace ma vie.

Car luy des-ja rusé, fuyant ceste furie,
  Se sauue à la beauté qui domine mes sens,
  Et là tout asseuré rit des maux que ie sens,
  Et m'abuse sans fin par quelque tromperie.

Or' en ses chauds regards ce penser se formant,
  Or'en ses doux propos mon esprit va charmant,
  L'emprisonne & l'estraint en des chaines pesantes.

Helas! c'est le mal-heur qui m'estoit destiné,
  Et que me presageoyent deux estoilles luysantes,
  Que ie vey sur le poinct que ce meschant fut né?

SONETTO LXXXIII.

Non con tanta ira sparse il fiero Erode
  Il puro sangue dè i fanciulli Ebrei
  Con quant'io vccido in fasce i pensier miei
  Ne però vccido quel, che'l cor mi rode

Il qual con noua inusitata frode
  Corre à saluarsi al viso di colei
  Ch'adoro in terra: ò del mio mal con lei
  Quasi del proprio ben s'allegra, e gode

Et à l'orechie mie fingendo quella
  Voce, che per mio mal troppo mi piacque,
  Fà d'aspra signoria l'anima ancella.

Questo dir volse l'vna, e l'altra stella
  Che quel giorno crudel ch'egli in me nacque
  Apparue à gli occhi miei sì vaga, e bella.

SONNET XXXIII.

Ny les defdains de fon ieune courage,
  Moqueur d'Amour & de fa Deité,
  Ny mon defir trop hautement porté,
  Ny veoir ma mort efcripte en fon vifage,

Ny mon vaiffeau preft à faire naufrage,
  Le maft rompu, fans voile & fans clairré,
  Ny les foucis dont ie fuis agité,
  Ny la fureur du feu qui me faccage,

Ny tant de pleurs, fans profit refpandus,
  Ny fes propos qui me font defendus,
  Ny de mon mal auoir la cognoiffance,

Ny la rigueur d'vn trifte efloignement,
  Me fortiront de fon obeyffance,
,, Belle eft la fin qui vient en bien aimant.

Ne

SONETTO XXIIII.

Ne di seluaggio cuor feroce sdegno,
  Ne crude voglie nel mio danno accorte,
  Ne il veder già le mie speranze morte,
  Ne il lungo affanno lacrimoso e'ndegno:

Ne 'l guasto al viuer mio fido sostegno,
  Ne il girne ratto inanzi tempo à morte,
  Ne pensier ch'a me sol tormento apporte,
  Ne 'l mal inteso mio desir sì degno,

Ne la spenta mia dolce vsata aita,
  Ne il mai quà giù sentito aspro dolore,
  Onde io m'appresso à l'vltima partita.

Ne altro fia che'l mio primiero ardore,
  Spenga giamai mentre dimoro in vita:
  Che bel fin fà, chi ben amando muore.

SONNET XXV.

O lict ! s'il est ainsi que tu sois inuenté,
  Pour prédre vn doux repos quád la nuict est venue,
  D'où vient que dedans toy ma douleur continue,
  Et que ie sens par toy mon tourment augmenté?

Ie ne fay que tourner d'vn & d'autre costé,
  Ie choisy tous les coings, ie cherche & me remuë:
  Et mon cœur qui ressemble à la marine esmeüe,
  D'ennuis & de pensers est tousiours agité.

I'assemble bien souuent mes paupieres lassees,
  Inuocque le sommeil pour guarir mes pensees,
  Mais il fuit de mes yeux & ny veut demeurer.

D'vn seul bien, ô mon lict, mes langueurs tu consoles,
  Ie m'ouure tout à toy, cœur, pensers, & paroles,
  Et ie n'ose autre part seulement respirer.

Lette

SONETTO XXV.

Letto se per quiete, e dolce pace,
  Trouato fosti da l'ingegno humano:
  Hor perche il corpo mio si colca in vano,
  Et senza requie in le tue piume giace?

In te sto come io fussi in la fornace,
  Doue fabrica à Gioue i strai Vulcano,
  O agitato nel mar dal vento insano,
  Cerco ogni sponda, e' al fin nulla mi piace.

Spesso congiongo insieme le palpebre,
  E il Sonno inuito, & quel pur stà ritroso,
  Che più di lui può l'amorosa febre.

In te letto ritrouo vn sol riposo,
  Che con te sfogo la passion mia crebre,
  Qual per vergogna altrui scuoprir non oso.

Ahi

STANSES.

Celle que i'ayme tant lasse d'estre cruelle,
   Est venue en songeant la nuict me consoler:
   Ses yeux estoyent rians, doux estoit son parler,
   Et mille & mille amours voloyent à l'entour d'elle.

Pressé de ma douleur, i'ay pris la hardiesse,
   De me plaindre à hauts cris de son cœur endurcy:
   Et d'vn œil larmoyant luy demander mercy,
   Et que mort ou pitié mist fin à ma tristesse.

Ouurant ce beau coral, qui les baisers attire,
   Me dist ce doux propos: Cesse de souspirer,
   Et de tes yeux meurtriers tant de larmes tirer,
   Celle qui t'a blessé peut guarir ton martyre.

O douce illusion! ô plaisante merueille!
   Mais cóbien peu durable est l'heur d'vn amoureux!
   Voulant baiser ses yeux, helas moy mal-heureux,
   Peu à peu doucement ie sens que ie m'esueille.

A hi

SONETTO XXVI.

Ahi chi mi rampe il sonno? ahi chi mi priua,
   Misero, di quel ben, ch'ogn'altro auanza?
   Chi mi leua di man quella speranza,
   Ch'era già (lasso) pur condotta à riua?

Era meco, Madonna on ch'io dormiua,
   E sì dolce m'apparue à la sembianza,
   Che di seco parlar presi baldanza,
   I miei chiusi pensier tutti le apriua.

Di ch' ella mossa: In guiderdon di questa,
   Tua fede, in premio di cotanto amore,
   Eccomi (disse) à le tue voglie presta.

Ahi che mentre l'abbraccio, e pien d'ardore,
   La stringo, inuida il sol ratto mi desta,
   Che serendomi gli occhi, vccise il core.

G

SONNET XXVII.

Espouuentable Nuict, qui tes cheueux noircis
  Couures du voile obscur des tenebres humides,
  Et des antres sortant par tes couleurs liuides,
  De ce grand Vniuers les beautez obscurcis.

Las ! si tous les trauaux par toy sont addoudis,
  Au ciel, en terre, en l'air, sous les marbres liquides,
  Or que dedans ton char le silence tu guides,
  Vn de tes cours entiers enchante mes soucis.

Ie diray que tu es du Ciel la fille aisnee,
  Que d'astres flamboyans ta teste est couronnee,
  Que tu caches au sein les plaisirs gracieux

Des Amours & des ieux la ministre fidele,
  Des mortels le repos : bref tu seras si belle,
  Que les plus luisans iours en seront enuieux.

Orrida

SONETTO XXVII.

Orrida notte, che rinchiusa il negro
  Crin, sotto'l vel de l'umide tenebre,
  Da sotterra esci, e di color funebre,
  Ammanti il mondo, e spoglilo d'allegro.

Io, che i tuoi freddi induggi irato, & egro,
  Biasmo non men, che la mia ardente febre,
  Quanto ti loderei, se le palpebre,
  Queto chiudessi vn de' tuoi corsi integro.

Direi, ch'esci dal cielo, e c'hai di stelle
  Mille corone, onde fa'l mondo adorno,
  Che ne chiami al riposo, e ne rapelle,

Da le fatiche, e ch'al tuo sen soggiorno,
  Fanno i diletti, e tante cose belle,
  Che se n'andria tinto d'inuidia il giorno.

SONNET XXVIII.

Si le mary ialoux de la belle Cypris,
  Qui forge à Iupiter le tonnerre & l'orage,
  Forgeoit les traits d'Amour, il euft maudit l'ouura-
  Et quitté tout laffé fon labeur entrepris.   (ge,

Car ce cruel volleur des cœurs & des efprits,
  Nourry d'vne Tigreffe en quelque lieu fauuage,
  De mille coups mortels ne contente fa rage,
  Et fait toufiours des cœurs fa victoire & fon pris.

On perd temps contre luy de fe mettre en defenfe,
  Vn homme n'eft pour faire à vn Dieu refiftence,
  Mefme vn Dieu fi puiffant qui furmonte les Dieux.

Maudits foyent tous fes traits, & leur puiffance forte,
  Helas! i'en fuis couuert en tant & tant de lieux,
  Que le maudit Archer pour fa trouffe me porte.

S'el zop

SONETTO XXXVII.

S'el zoppo che al gran Gioue i strali affina,
  Fabbro fusse d'Amor, già haueria Bronte,
  E gli altri che vn solo occhio hanno in la fronte,
  Per fastidio lasciata la fucina.

Che non se arresta mai sera, e mattina,
  Ferirme con sue mani ogn'hor più pronte,
  Questo crudel fanciul nodrito in monte,
  Che à pietà mai per prieghi non se inclina.

Non val difesa contra tanti mali,
  Che col suo arco ogni maglia penetra,
  Costui, che sforza Dei, non che mortali.

Già perso hò i sensi son fatto vna petra,
  E pieno il petto m'hà de tanti strali,
  Che hormai di me si val per sua pharetra.

SONNET XXIX.

Espoir faux & trompeur, qu'apres mainte grand' perte,
De temps & de labeurs à la fin i'ay cognu,
Cherche vn autre que moy pour te veoir bien venu:
Ta fraude en mõ endroit est trop bien descouuerte:

I'ay presque veu secher ma saison la plus verte,
Durant que tes appas ont mon cœur detenu:
Et tout le beau loyer qui m'en est reuenu,
C'est qu'à mille regrets ma poitrine est ouuerte.

Derechef toutesfois, ô pipeur effronté,
Tu penses rendre encor mon esprit enchanté,
Promettant allegeance à ses peines cruelles.

Mais pour te croire plus trop grande est ma douleur,
Pren donc vne autre addresse, ou l'ardente chaleur
De mes iustes soulpirs te bruslera les aisles.

H   *Speme,*

SONETTO XXXIX.

Speme, che cón fallaci, & pellegrine,
  Amorose lusinghe il cor m'acqueti,
  Quando per farmiei dì sereni, e lieti,
  Cerchi condurre il mio cordoglio à fine,

Tu no'l farai: che troppo alte rapine,
  Tropp' aspro frutto in me, par ch' Amor mieti,
  E sì mi stringon l'amorose reti,
  Che l'hore estreme mie son già vicine.

Indarno tenti à questa piaga mia,
  Porger rimedio, indarno mi consoli,
  Che à mortal colpo ogni salute è tarda.

Tu intanto allarghi i vanni, e al ciel voli,
  Lusinghiera, & ardita: forse fia,
  Ch' un giorno l'ali tue distempre, & arda.

SONNET LXXXI.

Cent fois tout courroucé de voeir que mes esprits,
    N'ôt peu rendre à m'aimer vostre cœur plus facile,
    Iettons (ce di-je) au feu, cet ouurage inutile,
    Aux destins de son maistre il doibt estre comprins.

Puisque tant de labeurs, de souspirs, & de cris
    Ont esté tous semez en terroir infertile,
    I'en veux brusler l'histoire, & suyure vn autre style,
    Ce n'est que trop chanté d'Amour & de Cypris.

Vostre iniuste rigueur me pousse à cet outrage,
    Mais de les mettre au feu ie n'ay pas le courage,
    Voyant vostre beau nom en mille endroits semé.

Donc qu'ils restent vivans, puisque la mesme flamme
    Feroit aussi mourir les honneurs de Madame,
    Il suffit que sans eux ie fois seul consommé.

S'alcuna

SONETTO XXX.

S'alcuna volta auien, ch'io d'arder tente
  Le rime mie; che senza hauer giouato
  A porre in voi pietà, v'hanno acquistato
  Più che fama futura, odio presente.

De la giustitia sua tosto si pente
  Il cor, vedendo il bel nome segnato,
  In lor sì spesso, e pargli (ahi duro fato!)
  Por le viscere sue nel foco ardente.

E grida: Restin pur' eterne, e viua
  Con lor Madonna, e non sia 'n questa etate,
  Ch'il mio morire à crudeltà le ascriua.

Ch'io non vuò c'habbia mai di me pietate,
  Con scemar di sua gloria anima viua,
  Nè macchi il sangue mio la sua beltate.

SONNET XXXI.

Comme vn chien que son maistre a long téps caressé,
   S'il aduient qu'à la longue il change de nature,
   S'enfuit, puis s'en reuient, esperant qu'il ne dure,
   Et pour six coups de foüet ne peut estre chassé.

En fin d'ardante soif & de faim trop pressé,
   Se voyant defaillir faute de nourriture,
   Est contrainct autre part chercher son aduanture,
   Changeant pour vn nouueau celuy qui l'a laissé.

I'en ay faict tout ainsi, dedaigné de ma Dame:
   I'ay couru, i'ay tourné, pensant flechir son ame,
   I'ay demandé pardon, triste & deconforté.

Mais puis qu'en les courroux si ferme elle demeure,
   Ie me pourchasse ailleurs, de peur que ie ne meure,
   Non par mon inconstance, ains par necessité.

Come

SONETTO XXXI.

Come fido animal, ch'al suo signore
    Venut' è in odio: ora si fugge, or riede,
    Et se ben fero grido, ò verga il fiede,
    Non vorria vscir del dolce albergo fuore.

Poi che per fame si languisce, & more,
    Sforzato volge in altra parte il piede:
    E doue cibo troua, iui si siede,
    Cangiando col nouello il vecchio amore.

Cos'io temendo di Madonna l'ire,
    Tristo fuggo & ritorno: & importuno,
    Cheggio à l'a sua pietate humile aita.

Et ella è sorda: ond'io per non perire,
    Vò in altra parte pouerel digiuno,
    Proccaciando soccorso à la mia vita.

SONNET XXXII.

Ie pars, non point de vous, mais de moy seulement,
   Car ie laisse mon ame à fin qu'elle vous suyue:
   Et ne vous estonnez que sans ame ie viue,
   Amour me fait mourir par son feu vehement.

Ie ne vous laisse point à ce departement,
   Bien que vous presumiez n'estre iamais captiue:
   Car ie vous porte au cœur si belle & si naifue,
   Que n'auez rien en vous qui n'y soit viuement.

Mais pourtant ma douleur n'est par là diuertie,
   Car i'emporte de vous ceste seule partie,
   Qui rafraichit ma perte & l'en fait souuenir.

Puis ie crains d'autre part, sçachant vostre rudesse,
   Que vous receuiez mal l'ame que ie vous laisse,
   Et que vous ne vueilliez auec vous la tenir.

Parto,

SONETTO XXXII.

Parto, e non già da voi, però che vnita
  Con voi l'alma riman: ma da me stesso,
  Nè voi restate, ch'io non pur d'apresso,
  Vi porto, mà nel cor viua e scolpita.

Ma perche col pensier meco partita
  Non fate, come à voi rimango appresso,
  Quel sembiante di voi, ch'io porto impresso,
  E fral rimedio à si mortal ferita.

Anzi è cagion di mio maggior affanno,
  Possedendo di voi sol quella parte,
  Ch'ogn'hor fà fresco à la memoria il danno.

Così stando voi lieta in ogni parte,
  Di me i duo mezi egualmente staranno,
  Mal quel che resta; e mal quel che si parte.

STANSES.

Que sera-ce de vous priuez de la lumiere,
  Pauures yeux, dont le Ciel vous contraint separer?
  Nous ferons de nos pleurs vne large riuiere,
  Et ferons toufiours clos fi ce n'eft pour pleurer.

Vous aurez pour confort la pourtraiture fainte,
  Qu'Amour en mon efprit viendra reprefenter:
  Au cœur tant feulement feruira cefte feinte,
  Mais rien finon le vray ne vous peut conforter.

Cherchez doncques ailleurs plaifir qui vous contente,
  En tant d'obiects diuers fi plaifans & fi beaux:
  Lors que nous l'effayons noftre douleur s'augméte,
  Trouuans au lieu du iour de bien petits flambeaux.

Trompez vous, & croyez de ces lumieres claires,
  Que c'eft le beau Soleil qui vous peut confoler.
  On ne fe trompe point en chofes fi contraires,
  Et nous ne voyons rien qui le puiffe efgaler.

Ecchi,

SONETTO XXXIII.

Occhi, che fia di voi, poi ch'io non spero,
   Veder per tanto spacio il viso santo?
   Farem con nuouo, e disusato pianto,
   Fiume maggior del Reno, e de l'Ibero?

Or non v'acqueterà l'alto pensiero,
   Ch'ei vel dimostra al ver simile tanto?
   Questo conforto il cor rileua alquanto,
   Non noi, che siam nodriti al lume vero.

Sforzateui ingannar voi stessi almeno,
   E con spesso mirar altra bellezza,
   Finger ch'è quella: e porre al pianto il freno.

Nol potrem far, che nostra vista auezza,
   A l'aria del bel viso almo, e sereno,
   Ogn'altro oggetto fugge, odia, e disprezza.

Non

SONNET XXXIIII.

Non non ie veux mourir pluſtoſt que d'endurer,
  Qu'vn autre aille cueillant la moiſſon de ma peine,
  Si parfaicte beauté n'eſt pas vne fontaine,
  Où chacun puiſſe aller pour ſe deſalterer.

Si le plus grand des Dieux vouloit vous adorer,
  Contre luy de fureur mon ame ſeroit pleine:
  Cóment donc ſouffriroy-ie vne perſonne humai-
,, Les Roys & les amans veulent ſeuls demeurer. (ne?

Deſcouurez à nos yeux quel eſt voſtre courage,
  Gardant celuy des deux qui vous plaiſt d'auantage,
  Sans ainſi feintement l'vn & l'autre abuſer.

I'ayme mieux n'auoir rien, que ſi i'eſtoy le maiſtre
  De la moitié d'vn bien qui tout à moy doit eſtre.
  Vne ſi belle fleur ne ſe peut diuiſer.

SONETTO XXXIIII.

Come soffrir potrò veder altrui
Viuer del dolce sguardo onde viuo io?
Ahime che questo non è vn fonte, o vn rio,
Oue beuer potiamo & io, e lui.

Non potrei per compagno in amar vui,
Patir non dico vn huom mortal, ma vn Dio,
Forza è che vn se ne vada al parer mio,
Ne al regno, ne à l'amor ponno star dui.

Piacciaue adunque dir qual vi è più accetto,
Che poi che à tanta lite io son condutto,
Di saper presto il fin bramo, & aspetto.

Men pena mi serà perderui al tutto,
Che possedere vn ben tronco e imperfetto,
Seria pur mal diuider sì bel frutto.

SONNET XXXV.

Si l'outrageuſe loy d'vn iniuſte Hymenee,   (belle,
　De vous m'oſte la part moins parfaicte & moins
　Part qui ſe peut ſecher comme vne fleur nouuelle,
　Poür la donner à vn plus que moy fortuné.

Deeſſe , à qui ie fus en naiſſant deſtiné,
　Ou plus que le mal-heur vous me ſerez cruelle,
　Ou vous me laiſſerez la partie immortelle,
　L'ame , à qui mes eſcrits tant de gloire ont donné.

I'aimoy voſtre beauté paſſagere & muable,
　Comme vne ombre de l'autre eternelle & durable,
　Qui ſur l'aile d'Amour dans les Cieux m'eſleuoit.

Ceſte-cy ſera mienne , & l'autre aura la feinte,
　Auſſi bien mon amour pure eternelle & ſainte,
　D'vn ſalaire mortel payer ne ſe pouuoit.

Poi

SONETTO XXXV.

Poi che la parte men perfetta , & bella,
  Ch'al tramontar d'vn di perde il suo fiore,
  Mi toglie il cielo , & fanne altrui signore,
  Ch'ebbe più amica, & gratiosa stella.

Non mi togliete voi l'alma , ch'ancella
  Fece la vista mia del suo splendore,
  Quella parte più nobile , & migliore,
  Di cui la lingua mia sempre fauella.

Amai questa beltà caduca , & frale,
  Come imagin de l'altra eterna & vera,
  Che pura scese dal più puro cielo.

Questa sia mia , & d'altri l'ombra, e'l velo:
  Ch'al mio amor , à mia fè salda e intera,
  Poca mercè saria pregio mortale.

SONNET XXXVI.

O peu durables fleurs de la beauté mortelle!
  Vne feconde Aurore, vn Soleil de ce temps,
  Vne ieune Deeffe helas! en fon printemps,
  Sent l'iniufte rigueur de la Parque cruelle!

Mais elle n'eft pas morte, Amour la renouuelle
  En mille & mille efprits des amans plus conftans,
  Qui des yeux & du cœur maintes larmes fortans,
  S'arrachent les cheueux & fanglottent fur elle.

Quand le bandeau fatal fes beautez nous voyla,
  Amour rompant fon arc d'entre nous s'enuola,
  Laiffant cefte Prouince en difcorde & en guerre.

Le Ciel, comme l'on dit, la voulut retirer,
  Pour apprendre aux mortels trop prompts à s'efgarer,
  Que la beauté parfaite eft ailleurs qu'en la terre.

O d'hu

SONETTO XXXVI.

O d'humana beltà caduchi fiori,
  Ecco vna, à cui ne questa mai, ne quella,
  Fù pari al mondo, è gia morta, & con ella,
  Tien sepolti d'Amor tanti thesori.

Mà che morta dich'io, s'in mille cori,
  E'n mille carte è viua anchorá, & bella?
  Et fatta in ciel nuóua, amorosa stella:
  D'altre belleze appaga i nostri amori.

Ben vegg'io come spira, & come luce:
  Che con la rimembranza, & col desio
  De suoi begli occhi: & del suo dolce riso,

Il mio pensier tanti alto si conduce:
  Che le s'appressa, & scorge nel bel viso
  La chiarezza de gli Angeli, & di Dio.

K

SONNET XXXVII.

Comme on voit parmy l'air vn esclair radieux,
  Glisser subitement & se perdre en la nuë,
  Ceste ame heüreuse & sainte aux mortels incognuë,
  Coula d'vn ieune corps pour s'enuoler aux Cieux.

Mon penser la suyuit au defaut de mes yeux,
  Iusqu'aux voutes du Ciel tout clair de sa venue,
  Et voit qu'en tant de gloire, où elle est retenue,
  Elle a dueil que ie sois encore en ces bas lieux.

Mais tu n'y seras guiere, ô Deesse, à m'attendre,
  Car ie n'estoy resté que pour cueillir ta cendre,
  Et ta memoire sainte orner comme ie doy.

Maintenant que i'ay fait ce deuoir pitoyable,
  Las de pleurer, de viure, & d'estre miserable,
  I'abandonne la terre & vole aupres de toy.

Come,

SONETTO XXXVII.

Come da denſe nubi eſce talhora,
  Lucido lampo, e via ratto ſpariſce:
  Coſì l'alma gentil, per cui languiſce
  Amor, s'vſcì del ſuo bel corpo fora.

Seguilla il mio penſiero, e la vede ora,
  Che con l'eterno ſuo fattor s'vniſce,
  E mia caſta intention pregia, e gradiſce,
  Eco' ſuoi detti la mia fede onora.

Jo rimaſi qua giu miniſtro fido,
  A por ne l'vrna il ſuo cenere ſanto,
  E far de gli almi onor publico grido.

Or le mie parti con pietà fornite,
  Satio del viuer mio, non gia del pianto,
  Aſpetto, ch'ella à ſe mi chiami, e inuite.

Cent

SONNET XXXVII.

Seigneur preſte l'oreille aux ſouſpirs douloureux,
  D'vn pecheur qui ſans toy de tout bien ſe desfie,
  Que ton iniuſte mort ſon peché iuſtifie,
  Et l'eſleue par grace au lieu des bien-heureux.

Loin loin bien loin de moy venin trop dangereux,
  De ce troupeau vanteur, qui tout en ſoy ſe fie,
  Leur audace, ô Seigneur, ſans fin te crucifie,
  Auec plus de meſpris que les Iuifs rigoureux.

Sainct Pierre auant ta priſe ainſi fier de ſoy-meſme,
  S'offre à mourir pour toy, bruſle en ardeur extreme,
  Puis au moindre peril tout autre il ſe fait veoir.

Et pour vne ſeruante il renonça ſon maiſtre,
  Ceſt exéple, ô Seigneur, aſſez nous fait cognoiſtre,
  Combien ſans ton ſecours foible eſt noſtre pouuoir.

Come

SONETTO XXXXVIII.

Come Dio dir potrò di poter solo,
  Senza la gratia tua, ch'affrena & sprona:
  Acquistarmi la sù palma & corona,
  S'à mia vergogna & à mia morte volo?

Taccia l'iniquo & arrogante stuolo,
  Che de l'opera sua sempre ragiona,
  Ponendo in Croce anchor la tua persona,
  Con minor riuerenza & maggior duolo.

Spechinsi questi tai nel vecchio Pietro,
  Che morir volea teco in Croce, & poi,
  Non sofferse il timor d'ancille & seruo.

Questo lasciasti al mondo empio & proteruo,
  L'esempio chiaro, onde palese à noi,
  Fosse ogni poter nostro esser di vetro.

SONNET XXXIX.

Chargé de maladie, & plus de mon offense,
  O Seigneur, tu me vois dans vn lict perissant,
  Ma vigueur diminue, & ma douleur croissant,
  Fait chacun s'estonner de ma grand'patience.

Continue, ô mon Dieu, donne moy la puissance,
  De supporter ce mal que le corps va forçant:
  Et fais que mon esprit soit tousiours benissant,
  Au plus fort des douleurs ta gloire & ta clemence.

Donne de l'eau, Seigneur, à mes yeux espuisez,
  Pour rendre auec mes pleurs mes pechez arrosez,
  Et les laue en ton sang auant que ie trespasse.

Ie ne demande point de viure plus long temps,
  Du Monde, & de ses ieux mes desirs sont contens:
  Assez i'auray vescu si ie meurs en ta grace.

Carco

SONETTO XXXXIX.

Carco già d'anni, e più di colpe graue,
  Signor giace il tuo serua, e'l doppio incarco,
  Di due morte lo sfida, e d'ambe al varco,
  Si vede giunto, onde sospira, e paue.

L'vna mi fora ben cara, e soaue,
  Di tal noia sarei morendo scarco,
  Ma l'altra è duro passo, ò come il varco,
  Pria ch'el mio pianto, e'l tuo sangue mi laue?

Non più vita, Signor, spatio ti chieggio,
  A morir saluo, e già, se ciò m'è dato
  Sperar perche sei pio, perche mi pento.

La mia salute, e la tua gloria veggio,
  E vengo à te, del mondo, e del mio fato,
  E d'ogni affeto vman pago, e contento.

SONNET XL.

Sur les abyſmes creux des fondemens poſer
   De la terre peſante, immobile & feconde,
   Semer d'aſtres le Ciel, d'vn mot creer le monde,
   La mer, les vents, la foudre à ſon gré maiſtriſer.

De contrarietez tant d'accords compoſer,
   La matiere difforme orner de forme ronde,
   Et par ta preuoyance en merueilles profonde,
   Voir tout, conduire tout, & de tout diſpoſer,

Seigneur, c'eſt peu de choſe à ta majeſté haute:
   Mais que toy, Createur, il t'ait pleu pour la faute,
   De ceux qui t'offenſoyent en croix eſtre pendu,

Iuſqu'à ſi haut ſecret mon vol ne peut s'eſtendre,
   Les Anges, ny le Ciel ne le ſçauroyent comprédre,
   Appren-le nous, Seigneur, qui l'as ſeul entendu.

Locar

SONETTO XL.

Locar soura gl'abissi, i fondamenti
   Del' ampia terra, e quasi in picciol velo:
   L'aria spiegar con le toe mani e'l Cielo,
   E le stelle formar chiare e lucenti:

Dar lege al mar, alle tempeste, à i venti,
   L'humido vnir col suo contrario e'l gelo,
   Con infinita prouidenza e zelo,
   E crear e nutrir tutti i viuenti.

Signor fù nulla alla toa gran possanza:
   Mà che tu Dio, tu Creator volessi,
   Nascer homo, e morir per chi t'offese:

Cotanto l'opere de i sei giorni auanza,
   Ch'io n'ol sò dir ne'l san gl' Angeli stessi,
   Dicalo il Verbo tuo che sol l'intese.

SONNET XLI.

Si mes ans les plus beaux helas ! trop mal perdus,
  Au volage appetit d'Amour & d'vne Dame,
  Plein de chaude esperáce & d'Amoureuse flamme,
  A ta gloire, ô Seigneur, eussent esté rendus,

Mes souspirs & mes cris ne seroyent entendus
  Maintenant, que trop tard le repentir m'entame,
  Et ces vers messagers de l'erreur de mon ame,
  Seroyent en ton honneur çà & là respandus.

Au moins puis qu'à la fin sorty de seruitude,
  Ie cognoy ma sottise & leur ingratitude,
  Parfais en moy, Seigneur, ce qu'as bien commencé.

Ta Bonté pour iamais de leurs fers me deliure,
  Et le reste des ans que tu me feras viure,
  En si sterile champ ne soit ensemencé.

SONETTO XLI.

Se di quei dì, che vaneggiando hò speso,
   Dietro à false speranze, e cieco ardore,
   Di donna, e di signor, che 'l meglio, e 'l fiore,
   Di lor s'han colto inutilmente, e preso.

Re de le stelle, e del tuo lume acceso,
   N'hauessi dato à te qualche poche hòre,
   Non m'hauria, doppio, & ostinato errore,
   L'vscio del regno tuo chiuso, e conteso.

O sommo Sol, ch'à guisa di cristallo,
   Trapassi il cor, con le cui vòci acouso,
   L'altrui poca mercéde, e 'l mio gran fallo.

Tutto il filo, ch'ormai s'attorce al fuso,
   Di gli anni miei sia tuo, prendilo, e fallo,
   Spender in più degne opre, in miglior vso.

Helas

SONNET XLII.

Helas! si tu prens garde aux erreurs que i'ay faictes,
Ie l'aduoüe, ô Seigneur, mon martyre est bien doux:
Mais si le sang de Christ à satisfaict pour nous,
Tu decoches sur moy trop d'ardentes sagettes.

Que me demandes-tu? mes œuures imparfaittes,
Au lieu de t'adoucir aigriront ton courroux:
Sois moy donc pitoyable, ô Dieu pere de tous:
Car où pourray-ie aller, si plus tu me reiettes?

D'esprit triste & confus, de misere accablé,
En horreur à moy-mesme, angoisseux & troublé,
Ie me iette à tes pieds, sois-moy doux & propice.

Ne tourne point les yeux sur mes actes peruers,
Ou si tu les veux voir, voy-les teints & couuers
Du beau sang de ton Fils, ma grace & ma iustice

Signor,

SONETTO XLII.

Signor, se miri à le passate offese,
  A dir il vero, ogni martire è poco:
  S'al merto di chi ogn'or piangendo inuoco,
  Troppo ardenti saette hai in me distese.

Ei pur per noi vmana carne prese,
  Con laqual poi morendo estinse il foco
  De' tuoi disdegni se riaperse il loco,
  Che'l nostro adorno mal già ne contese.

Con questa fida, & onorata scorta,
  Dinanzi al seggio tuo mi rapresento,
  Carco d'orrore, e di me stesso in ira.

Tu pace al cor, ch'egli è ben tempo, apporta,
  E le graui mie colpe, ond'io pauento,
  Nel sangue tinte del figliuol tuo mira.

M

SONNET LXIII.

De foy, d'espoir, d'amour, & de douleur comblee,
  Celle que les pecheurs doiuent tous imiter,
  O Seigneur, vient ce iour à tes pieds se ietter,
  Peu creignant le mespris de toute vne assemblee.

Ses yeux sources de feu, d'où l'Amour à l'emblee,
  Souloit dedans les cœurs tant de traits blueter,
  Changez en source d'eau ne font que degouter
  L'amertume & l'ennuy de son ame troublee.

De ses pleurs, ô Seigneur, tes pieds elle arrosa,
  Les parfuma d'odeurs, les seicha, les baisa,
  De sa nouuelle amour monstrant la vehemence.

O bien-heureuse femme! ô Dieu tousiours clement,
  O pleur, ô cœur heureux, qui n'eust pas seulement
  Pardon de son erreur, mais en eust recompense!

SONETTO XLIII.

Da speme, da dolor, da viua fede
   Mossa colei, al cui bel nome honore
   Rend' hoggi il mondo ; venne al suo signore,
   Ch'eternamente il tutto regge, e vede.

Gettossi à terra, & l'vno e l'altro piede
   Humilmente lauò col caldo humore
   De gl'occhi suoische di lasciuo amore
   Fur prima esca, lacciuoli, albergo, & prede.

Poi con le sparse chiome rasciugolli,
   E vinta dal diuino Amore interno,
   Con atto riuerente, & pio basciolli.

Felice Donna, il cui humil seruire
   Tanto piacque al Signor, che premio eterno
   Hebbe, non che perdon del suo fallire.

www.ingramcontent.com/pod-product-compliance
Ingram Content Group UK Ltd.
Pitfield, Milton Keynes, MK11 3LW, UK
UKHW020329130726
13696UKWH00003B/1229